Basé sur le scénario de
David Kirschner, David Casci et Ernie Contreras,
d'aprés l'histoire de David Kirschner et David Casci.

Publié par Les Éditions Phidal

Première édition

ISBN: 2-89393-335-1

Illustré par DiCicco Digital Arts avec Len Smith

Imprimé et relié aux États Unis

Richard
ET LE SECRET DES LIVRES MAGIQUES

 Phidal

EXIT
SORTIE

Richard Tyler, garçonnet de 10 ans, a peur de tout. Il voit du danger partout et il passe ses journées à se déplacer prudemment sur la pointe des pieds, ce que ses parents ne comprennent absolument pas.

Mais pour ce jeune garçon qui a peur de tout — un événement va changer le cours des choses. Un après-midi, sous une pluie terrible, Richard se réfugie dans la bibliothèque de la ville. Là, il fait la connaissance de M. Dewey, le bibliothécaire, qui lui offre sa première carte de bibliothèque. Richard, lui, ne désire qu'une seule chose : sortir de là. Désappointé, M. Dewey lui montre l'enseigne lumineuse verte qui dit SORTIE. Richard se dirige vers la sortie, mais s'arrête dans le grand hall circulaire pour regarder une peinture qui orne le plafond. Une peinture magnifique, mais très étrange, représentant des personnages et des animaux bizarres et un vieillard tout ridé. En regardant le plafond, Richard se penche un peu trop en arrière et **FLOC!** il tombe sur le plancher en marbre. Tout devient sombre autour de lui. Et c'est là que commence l'histoire de Richard.

En se réveillant, Richard est saisi par la peur. Il se lève avec précaution. «B-bonjour», dit-il. En regardant autour de lui, il a l'impression que tout dans la bibliothèque est pareil, et pourtant tout est différent. Qu'est-ce qui peut bien se passer?

«Je-je suis un... personnage de bande dessinée!», s'écrie-t-il en regardant ses mains.

«Ou plus exactement, tu es une illustration», dit une voix grave et doucereuse sortie de l'ombre. Un vieillard barbu apparaît à sa vue.

«Qui êtes-vous?», demande Richard, la gorge serrée par la terreur.

«Je suis le Gardien des livres et de l'imprimé», dit le vieillard.

Richard regarde au plafond. «Je vous ai vu là-haut!», s'écrie-t-il. Il parcourt la pièce des yeux d'un air inquiet. «Mais où sont les autres?»

«Oh! ils sont ici, un peu partout», dit le Gardien des livres en montrant les rangées de livres sur les rayons.

«Vous pourriez peut-être m'indiquer la sortie?», demande Richard en tremblant.

«Bien sûr, si c'est ça que tu veux vraiment», dit le Gardien des livres. Nerveusement, Richard fait oui de la tête. Le vieillard s'écrie : «Parfait!» et d'un geste il dit à Richard de le suivre.

En arrivant près des rayons, le Gardien des livres regarde l'affiche qu'il y a au-dessus d'eux. «Fiction de A à Z!», s'écrie-t-il sur un ton passionné. «C'est ici que tout est possible. Que l'imagination d'un petit garçon le transporte vers des sommets inouïs!»

Une page d'un des livres apparaît comme par magie entre les doigts noueux du vieillard. D'un geste du poignet, le Gardien des livres transforme la page en un géant. Pris de frayeur, Richard ouvre tout grands les yeux et se cache derrière l'ample vêtement du Gardien des livres.

Le Gardien des livres, en projetant des pages par terre, donne ainsi vie à toutes sortes de personnages. «C'est en faisant face à ses craintes que l'on acquiert la confiance en soi.»

CLOP! CLOP! Le Cavalier sans tête, chevauchant sa jument noire, descend l'allée au galop.

«Le courage est le vent qui mène à la découverte.» Un magnifique bateau viking passe devant eux. Le Gardien des livres lève sa baguette. «Et c'est là que commence ton voyage!»

Les couleurs et les images, les mots et les voix des pages des classiques de fiction se mettent à tourbillonner autour de Richard.

«Rappelle-toi ceci», lui crie le Gardien des livres,«dans le doute, cherche dans les livres.»

Ensuite, Richard se retrouve assis sur un chariot à livres qui l'entraîne tout le long de l'allée du rayon des ouvrages de Fiction. Il se cramponne au chariot, qui roule de plus en plus vite et s'écrase contre une cabine téléphonique. Richard, lui, vient s'écraser au plancher tandis que des livres sont éparpillés partout. En se relevant, Richard voit une pile de livres qui commence à bouger! Parmi tout ce désordre, il aperçoit un livre d'aspect étrange qui se fraye un chemin jusqu'au sommet de la pile, une épée à la main et avec un crochet à la place de l'autre main. «Quel est l'énergumène qui empêche le vent d'atteindre mes voiles?», grogne le vieux livre batailleur.

Richard soupire. Le livre tourbillonne sur lui-même en agitant ses pages et pointe l'épée droit vers Richard. «Qui es-tu, fiction ou non?»

«Je m'appelle R-R-Richard T-Tyler.»

«Qu'est-ce que ça peut bien être comme livre?», demande-t-il d'un ton soupçonneux.

Richard ne croit pas qu'il parle vraiment à un livre. «Je-je ne suis pas un livre.» Il sort sa carte de bibliothèque. «Tu vois? Voici mon nom.»

Le livre examine attentivement la carte, puis relève son couvre-oeil. «Une carte de bibliothèque!», s'exclame-t-il. «Mille excuses, jeune homme. Je ne savais pas que tu étais un client. Mon nom à moi, c'est Aventure. À ton service.»

Richard se met à reculer. «Tout ce que je veux, c'est sortir d'ici. Ne me touchez pas.»

Richard se retourne, fait un pas et tombe à travers le plancher de la bibliothèque. Au moment où il va plonger dans une mare d'eau noire comme de l'encre, une ancre pleine d'anatifes l'attrape et Aventure le tire en sécurité. Le crocodile qui fait tic-tac de *Peter Pan* a sauté vers Richard, mais doit se contenter de happer l'air.

«C'est une vraie bibliothèque, mon gars», l'avertit Aventure. «Il ne faut pas se fier aux apparences.»

Aventure offre à Richard de le ramener, mais il lui demande un petit service. «J'ai besoin de respirer un peu le grand air, de sentir la brise caresser mes pages et la bonne terre sous mes pieds.» Il regarde sa jambe de bois et hausse les épaules. «Enfin, mon pied. Alors, toi et ta carte de bibliothèque, vous me faites sortir d'ici. D'accord?»

Richard, anxieux, fait oui de la tête. «Oui, d'accord.»

«Très bien, jeune homme!» fait Aventure d'une voix de tonnerre. «Escaladons un peu ce mât pour voir où nous sommes.»

Richard est atterré. «Quel mât? C'est une échelle. Et en plus, je suis sujet au vertige.»

Aventure regarde Richard, puis prend un livre sur un des rayons. En ouvrant le chapitre 18 de *Vingt Mille Lieues sous les mers*, il aperçoit un poulpe géant qui sort de ses pages. Aventure escalade l'échelle à toute vitesse, et Richard le suit de près.

«Pourquoi as-tu fait ça? Tu devais m'aider!»

«Je t'aide à trouver la sortie», dit Aventure avec un grand sourire.

Ils essaient de voir à travers l'épais brouillard qui remplit maintenant les allées. Aventure retire sa jambe de bois et la soulève jusqu'à son oeil en bon état. La jambe de bois lui sert de télescope! Richard la prend et aperçoit une lueur verte dans le lointain. «Regarde! Je la vois!», s'écrie-t-il en montrant l'enseigne SORTIE.

Au même moment, un poulpe géant enveloppe l'échelle avec ses tentacules et la fait violemment trembler. Aventure traverse l'allée en sautant sur un autre rayon qu'il attrape avec son crochet. «Saute, mon garçon!», crie-t-il à Richard. «Ta vie est en jeu!»

Richard hésite. Non seulement il est sujet au vertige, mais franchir un profond fossé d'un saut n'est pas exactement son passe-temps préféré! Mais ce n'est pas à lui de décider. Le poulpe projette Richard et l'échelle à travers l'allée, et il s'écrase le visage contre un véritable mur de livres.

En essayant désespérément de saisir n'importe quoi pour éviter de tomber, Richard saisit fermement un livre qui dépasse d'un des rayons. Mais en vain. Le livre glisse du rayon et Richard et lui sont projetés par terre.

Richard ferme les yeux en s'attendant au choc. Mais celui-ci ne se produit pas, car il semble flotter doucement vers le bas! En ouvrant les yeux, il s'aperçoit qu'il tient dans sa main un livre ailé qui bat rapidement des ailes pour éviter de s'écraser au sol. Le livre ressemble à une bonne fée, habillée d'une robe rose, avec une couronne sur la tête, des souliers de verre aux pieds et une baguette magique à la main. Elle murmure quelque chose d'un ton indigné, mais Richard l'empêche de parler en tenant la main sur la bouche.

«Mais qu'est-ce qui te prend de me tenir comme ça?», dit le livre après que Richard l'a lâché et qu'ils ont touché le plancher.

«Eh bien! je... mais qui êtes-vous?»

Le livre renifle et lisse ses pages. «Je suis Fantaisie.» Elle aperçoit la carte de bibliothèque de Richard sur le plancher. «Il y a très longtemps que je n'avais pas vu une de ces cartes.»

Fantaisie rend la carte à Richard. «Dis-moi, mon petit. Qu'est-ce que tu souhaites plus que n'importe quoi au monde?»

«Pour l'instant, je ferais n'importe quoi pour sortir d'ici.» Fantaisie profite de l'occasion. «Je t'accorde ton souhait, mon enfant. Mais tu dois me rendre un petit service à ton tour. Emprunte-moi pour me sortir d'ici et emporte-moi chez toi!»

Les yeux de Richard s'éclairent. «C'est tout? Eh bien, allons-y!»

Au même moment, Aventure, qui avait grimpé jusqu'au sommet d'un des rayons chargés de livres, voit Fantaisie et Richard en train de se parler. «Doucement, ma chère!», s'écrie-t-il. «Ce garçon est avec moi.»

«Tu connais ce récit?», demande Fantaisie.

«Oui, c'est Aventure», dit Richard.

Fantaisie roule les yeux. «C'est ce qu'ils disent tous, mon petit.»

Aventure bredouille de colère. Les deux personnages commencent à se disputer lorsque le livre du pirate glisse et tombe d'un rayon.

Richard se tourne vers Fantaisie. «Mais faites quelque chose!»

Fantaisie dirige sa baguette magique vers Aventure, mais oublie qu'elle n'est pas efficace en dehors de la section Fantaisie. POUF! Aventure atterrit sur le plancher.

Richard accourt auprès de lui et aide le vieux loup de mer à se relever. Il regarde Fantaisie. «Vous ne *pouvez* donc pas nous faire trouver miraculeusement la sortie?»

«Je parierais tout l'or de Flint qu'elle n'a même jamais vu la sortie», grogne Aventure.

«Plus que toi, mon gros lourdeau. La sortie se trouve juste à côté de mon rayon Fantaisie. Je la vois tout le temps du haut de la tour de Rapunzel.»

«Alors, qu'est-ce que tu fais par ici?», réplique Aventure. «Serais-tu venue pour assister à une réunion de sorcières?»

Les deux livres semblent en proie à une dispute aussi vieille que le monde. «On m'a rangée sur le mauvais rayon», dit Fantaisie en reniflant. «Mais le jeune Prince Charmant est venu pour m'emporter chez lui.»

«Par mon bon oeil!» s'écrit Aventure en tirant Richard vers lui. «C'est *moi* que le jeune homme va emporter chez lui.»

Au cours de leur bagarre, les deux livres saisissent Richard par les bras et le tirent chacun de son côté. Fantaisie tire Richard à soi en disant : «Partons d'ici. Il ne sait même pas où nous sommes!»

«Sornettes!», s'écrie Aventure. «Bien sûr que je sais où nous sommes.» Il prend un livre sur le rayon, *Le Chien des Baskerville*. En regardant la couverture, il dit : «Nous sommes à Baskerville. Regardez donc.»

Il tend le livre à Richard qui, innocemment, l'ouvre. Soudain, un énorme chien très mal soigné bondit des pages du livre. Fantaisie entraîne Richard à travers une ouverture entre des livres placés sur le rayon, mais c'est une voie sans issue.

Richard essaie de voir s'il y a une autre ouverture le long des rayons. Sa main attrape un livre qui, d'un déclic, fait pivoter toute l'étagère dans une autre allée. Ils sont en sûreté!

Mais le sont-ils vraiment? Une fois que leurs yeux se sont habitués à l'obscurité, ils se trouvent à l'entrée d'un cimetière, noir et lugubre.

La pleine lune jette une lueur blafarde sur le paysage. Richard en a des frissons tout le long du dos. Il n'avait encore jamais été dans un cimetière la nuit.

«Voici la section Horreur», annonce Aventure en tirant son épée. «Reste à côté de moi et tu n'auras rien à craindre.»

Richard aperçoit l'enseigne verte SORTIE à travers le brouillard. «Voici la sortie! Allons-y!»

Mais Richard n'avait pas vu la vieille maison hantée qui se dresse entre eux et la sortie. Il n'avait pas non plus entendu les vagues s'écraser au pied de la maison. «Le seul moyen de trouver la sortie, c'est de passer par cette maison», dit Aventure.

Richard a l'air horrifié. «Je refuse d'entrer là-dedans!»

Mais comme c'est leur seule possibilité de sortir, les trois s'approchent avec précaution de la porte en fer, qui s'ouvre en grinçant. Des pierres tombales sont éparpillées partout. Sauf que ce n'étaient pas des pierres, mais des livres. Lorsque le groupe atteint la porte d'entrée, Aventure dit à Richard de tirer sur la corde qui pend du beffroi.

Les mains toutes tremblantes, Richard tire sur la corde.

SORTIE
EXIT

Soudain, un livre affreux et difforme tombe de la tour et atterrit à leurs pieds. Tout le monde crie. Le petit livre crie, lui aussi. C'est Horreur.

«Arrière, mon gars!», crie Aventure en pointant son épée vers le tas de feuilles tremblantes. «Je vais montrer à ce livre bossu ce que c'est que l'aventure.»

Horreur jette un cri perçant et grimpe à nouveau à la corde. «Asile! Asile!»

«Enlève ça», dit Fantaisie à Aventure. «Tu lui fais peur.» Puis, s'adressant à Horreur : «Allez, sors de là.»

Terrifié, le livre bossu croit que c'est son aspect qui leur fait peur à tous.

Mais Fantaisie le persuade que ce n'est pas le cas. Donc, il sort, mais il glisse et tombe... dans les bras de Richard.

«Bien attrapé», dit Fantaisie en s'asseyant près de Richard.

«Là, prenez-le!», s'écrie Richard en repoussant Horreur vers Fantaisie.

Le pauvre livre bossu se couvre le visage avec les mains. «Je sais pourquoi vous avez crié.... c'est parce que je suis... horrible. Je vous ai fait peur.»

«Il ne faut pas se fier aux apparences», dit Fantaisie à Richard.

«Allons naviguer un peu dans cette maison», ordonne Aventure.

Horreur crie : «N'entrez pas là! C'est effrayant, ce qu'il y a là-dedans!» Puis, se tournant vers Richard: «J'ai... j'ai peur.»

Richard est curieux. «De quoi?»

«De tout. Les histoires d'horreur finissent toujours mal», dit le petit livre bossu.

«Moi, je viens d'un monde où tout finit toujours bien», dit Fantaisie. «Pourquoi ne viens-tu pas avec nous?»

Richard, content d'avoir enfin rencontré quelqu'un qui a aussi peur que lui, assure à Horreur qu'il a besoin de son aide pour traverser la maison. Il prend la main d'Horreur. Puis, il regarde l'entrée sombre et pousse doucement la porte.

Les autres les suivent de près. Ils se retrouvent dans une grande pièce sombre et effrayante où il n'y a qu'une vague lueur par-ci par-là. Les seuls êtres vivants qu'il y a dans cette maison, semble-t-il, sont des rats et des araignées. Richard appelle pour voir s'il y a quelqu'un d'autre. Un corbeau descend en piqué au-dessus de leurs têtes. «Jamais plus», coasse-t-il.

Le groupe s'éparpille. Une voix sort de l'ombre. «Puis-je vous aider en quoi que ce soit?»

Aventure tire son épée, prêt à se battre. Lorsque le personnage s'avance vers eux, ils voient que c'est un homme d'un certain âge, d'aspect très doux. Fantaisie est intriguée. «Bonjour, c'est Monsieur... ?»

«Docteur», répond l'homme. «Je suis le Dr Jekyll.»

«C'est que, Docteur, nous avions sonné...», commence Richard.

Le Dr Jekyll met son bras autour des épaules de Richard et l'emmène plus loin dans la maison. «Mon garçon, je ne prends aucun plaisir à te dire que tu es en grand danger. Au moment même où nous nous parlons, les forces du mal sont présentes dans cette pièce, prêtes à frapper.»

Richard écarquille les yeux. «Du mal?»

Le Dr Jekyll et Richard s'approchent d'une table de laboratoire couverte d'éprouvettes et de gobelets pleins d'un liquide bleu vif qui bouillonne.

Le Dr Jekyll continue. «Bien sûr, tout homme possède en lui le bien et le mal.» Il verse le liquide d'un des gobelets dans un verre. «Mais assez pour l'instant. Quelqu'un a envie de boire un verre?»

Aventure ne peut pas résister à l'offre. «Je veux bien prendre un verre avec vous, Docteur!», dit-il en se léchant les babines. Mais avant qu'Aventure ait pu prendre un verre, Horreur, cherchant à prendre l'olive, veut s'emparer du verre qui tombe des mains d'Aventure. Le liquide renversé brûle un trou dans le plancher.

Richard et le groupe se regardent, absolument stupéfaits. Le Dr Jekyll a avalé son breuvage. Puis, il se touche le cou, jette un cri et commence à se transformer en un animal velu et affreux.

«Dr Jekyll?», lui demande Fantaisie d'un air de doute.

«Non! Je m'appelle Mr. Hyde! Et personne ne sort d'ici vivant!»

Terrifié, Horreur saute sur le lustre qui, sous son poids, se détache et s'écrase au plancher, ce qui fait tomber Mr. Hyde à la renverse dans le trou du plancher. En tombant, il saisit le lustre qui emprisonne Horreur dans ses chaînes!

Aventure, qui n'a pas remarqué la situation périlleuse dans laquelle se trouve Horreur, pointe du doigt en disant : «L'escalier, les amis!»

«Au secours, Maître», s'écrie Horreur. «Ne me laissez pas ici! Asile! Asile!»

Le lustre glisse de plus en plus vers le trou, tandis que Mr. Hyde s'efforce péniblement de grimper à la chaîne. «Il faut que tu aides Horreur!» crie Fantaisie à Richard.

Mais Richard est paralysé de frayeur. Il ne peut absolument rien faire!

Fantaisie soupire d'impatience et rejoint Horreur. Utilisant sa baguette magique comme une pince à levier, elle réussit à libérer le livre bossu, tout tremblant. Le lustre disparaît dans le trou, et avec lui Mr. Hyde qui crie.

Horreur accourt aux côtés de Richard, qui a l'air honteux et gêné.

«Ça ne fait rien, Maître», dit Horreur en prenant la main de Richard.

«Moi, j'aurais eu deux fois plus peur!»

En remontant l'escalier, Richard tend la main pour toucher le mur de pierre, mais sa main passe à travers une rangée de livres translucides! Soudain, on entend des gémissements et un cliquetis de chaînes.

«Qu'est-ce qui se passe?», demande Richard à Horreur.

«Des histoires de fantômes!», s'écrie Horreur en tremblant.

Une foule de fantômes s'envolent des livres, avec des plaintes et des cris affreux.

Richard et les trois livres se dépêchent de sortir de la section des histoires de revenants. Arrivés au haut de l'escalier, ils se retrouvent devant quatre portes. Aventure regarde Horreur. «Alors, c'est laquelle?»

Le livre bossu bredouille. Aventure ouvre une des portes. Une hache longue et incurvée sort par l'embrasure de la porte et Horreur s'écrie : «Non! pas celle-ci!»

Entre-temps, Fantaisie a ouvert une autre porte et une main monstrueuse l'attire à l'intérieur. On entend un remue-ménage de l'autre côté de la porte fermée. Fantaisie finit par réapparaître, en rajustant ses vêtements. «Quelle médiocrité!», dit-elle d'un ton de mépris.

Horreur ouvre la troisième porte. Il la referme aussitôt en poussant un cri à glacer le sang. «Il fait noir là-dedans», avoue-t-il. «Il n'y a pas de veilleuse.»

Aventure repousse Horreur et ouvre la dernière porte. «Entre là-dedans», dit-il à Horreur en hurlant. Les autres le suivent au laboratoire du Dr Frankenstein!

La pièce est remplie de gobelets bouillonnants et de tubes enroulés en spirale autour de bouteilles de verre d'où s'échappe de la vapeur. Si seulement Richard et les livres pouvaient traverser la dalle cachée par des rideaux au milieu de la pièce, ils seraient près de la sortie. Fantaisie remarque une trappe au sommet d'un long escalier. «C'est là-haut», chuchote-elle aux autres.

En traversant la dalle sur la pointe des pieds, le monstre de Frankenstein surgit derrière les rideaux. En criant, le groupe se précipite vers l'escalier, mais le monstre y arrive en premier. Il attrape Richard, et celui-ci saisit une corde qui pend à côté de lui.

Aventure lève les yeux et voit que la corde est rattachée à une plate-forme suspendue près du plafond. «Tiens bon», dit-il à Richard.

Il tranche la corde avec son épée juste au moment où Horreur et Fantaisie la saisissent pour s'y tenir. Richard et les trois livres remontent à travers une trappe, tandis que la plate-forme tombe sur le plancher.

Le groupe se trouve maintenant sur une terrasse d'observation dans la tour. Le seul moyen de s'échapper, c'est de descendre par le côté sombre de la tour. Une fois de plus, Richard reste pétrifié en écoutant les vagues qui se brisent au-dessous de lui.

«Par ici, les amis», s'écrie Aventure en sautant sur un talus. Il voit au-dessus de lui Richard qui scrute l'obscurité. «Vas-y, mon gars! Et du cran, tout le monde!»

BOUM! CRAC! Le monstre passe par la porte en agitant les bras. Horreur se dirige à quatre pattes vers le talus en bousculant un chaudron plein d'huile qui se renverse devant le monstre.

Fantaisie saisit une torche allumée placée sur une gargouille voisine et allume l'huile. Instantanément, un mur de flammes se dresse entre eux et le monstre. Elle s'élance vers Richard et brandit sa baguette magique au-dessus du talus. «Vas-y!», s'écrie-elle.

Richard regarde au-dessous de lui. Puis, il jette un regard vers le feu. Il faut absolument qu'il descende le long de la falaise.

Richard descend péniblement la falaise. Des pierres s'éboulent sous ses pieds et il commence à glisser.

«La liane, mon gars!», lui crie Aventure. «Saisis la liane!»

Richard voit la liane accrochée au mur de pierre. Lorsqu'il la saisit, elle se brise et il plonge droit en direction des vagues.

Mais au lieu d'être englouti par les vagues, Richard et ses amis atterrissent sur une plate-forme rocheuse. Ouf! Il est sain et sauf!

Aventure se penche par-dessus le bord de la plate-forme rocheuse et renifle l'air salin. «Sentez-vous cet air?» demande-t-il. «Respirez bien, les amis.»

Devant eux, le soleil se lève en miroitant sur l'océan immense. L'enseigne SORTIE réapparaît dans le lointain, puis disparaît dès qu'il fait plus clair.

Aventure pointe son épée vers l'océan. «Le Pays d'Aventure!», dit-il fièrement.

Richard et les livres rampent par-dessus les rochers, traversent les vagues et aboutissent dans une petite baie. Un petit esquif les attend. «Alors, les amateurs du plancher des vaches!», leur crie Aventure. «Montez à bord!»

Richard regarde le bateau d'un air soupçonneux. «Il n'y a pas de danger?» Aventure le rassure en disant que c'est le vaisseau le plus robuste qui ait jamais sillonné les mers. Mais, pendant qu'il marche, sa jambe de bois s'enfonce à travers le fond du bateau qui se met immédiatement à prendre l'eau. Cette fois, Richard vient à la rescousse. Il roule son mouchoir en boule et s'en sert pour boucher le trou.

«Partons, les amis», dit Aventure aux trois membres de son équipage. Le petit bateau se dirige vers le large.

Avant longtemps, un épais brouillard se lève et les vagues deviennent de plus en plus hautes.

«La mer commence à être vraiment agitée», dit Richard, qui s'inquiète de voir le bateau poussé dans tous les sens. «Nous aurions peut-être dû rester à terre où nous étions en sûreté.»

«Jeune homme, tu apprendras qu'un bateau qui reste au port est peut-être en sûreté, mais un bateau n'est pas fait pour ça.»

Le brouillard se dissipe légèrement et l'on aperçoit quatre autres bateaux qui voguent sur l'eau. Dans le premier se trouve le capitaine Ahab, qui est à la recherche de la grande baleine blanche, Moby Dick.

«La voilà qui souffle!» s'écrie Ahab en montrant du doigt une énorme baleine qui émerge de l'eau. «Je te souris, baleine souriante!»

Effrayés, Richard et les livres regardent la baleine géante se diriger droit vers les bateaux d'Ahab. Après avoir fracassé les baleiniers, Moby Dick se tourne vers nos amis, la bouche grande ouverte, prête à dévorer le petit bateau.

«Abandonnons le bateau!», crie Aventure.

Tout le monde se jette à l'eau. Richard réussit à saisir un tonneau et remonte immédiatement à la surface, en suffoquant et en haletant. Il regarde autour de lui. Il n'y a personne. «Les copains?», s'écrie-t-il faiblement. «Où êtes-vous?» Pas de réponse. C'est le silence complet.

Richard grimpe sur quelques planches de bois qui seraient idéales pour faire un radeau. Puis, quelque chose sort de l'eau dans une énorme explosion. C'est Aventure! «Comme je suis content de te voir», lui dit Richard.

Tout en toussant, Aventure permet à Richard de l'aider à monter sur les planches. Richard ne peut résister à l'envie de tenir le livre trempé dans ses bras. Gêné, Aventure s'éloigne. «Mais où sont Horreur et Fantaisie?», lui demande Richard.

Aventure regarde vers la mer. «Je les ai cherchés aussi longtemps que j'ai pu. J'ai bien peur qu'ils ne soient au fond, avec Davey Jones.»

Richard refuse de croire que ses amis sont noyés. Il les appelle, mais personne ne répond.

Puis, en voyant quelque chose qui encercle leur petit radeau, Richard s'écrie :
«Des requins!»

Juste au moment où ils se croient perdus, un autre bateau surgit du brouillard.
Richard fait des gestes désespérés pour attirer l'attention des marins en criant :
«Au secours! Par ici!»

«Attention, matelot», dit Aventure en examinant bien le bateau. «Des requins, il
n'y en a pas que dans l'eau.»

Le bateau se range à côté d'eux. «C'est bien que vous soyez venus. Nous avons
perdu deux de nos amis, à peu près de sa taille», dit Richard en désignant
Aventure du doigt. «Vous les avez vus?»

Les marins sourient d'un air sinistre, en montrant leur bouche édentée. «Tout
ce que nous avons attrapé aujourd'hui, c'est vous deux.»

Soudain, un énorme galion espagnol surgit du brouillard avec le pavillon du
Jolly Roger au sommet de son mât.

Richard et Aventure se regardent, la gorge serrée. Des pirates!

«Je le savais!», dit Aventure. «C'est lui. Le pirate au coeur de pierre, le plus féroce qui ait jamais navigué sur toutes les mers du monde — Long John Silver.»

Les marins partent d'un gros rire et jettent Richard sur le pont du bateau des pirates. Aventure saisit son épée, mais les pirates, prêts pour la bataille, sortent leurs pistolets. Richard a la bouche toute sèche. Long John Silver ordonne aux pirates de ranger leurs armes. Richard a le coeur qui bat fort!

Qu'est-ce qui va lui arriver?

La voix d'Aventure traverse l'air. «John Silver! Si tu touches un seul cheveu de ce garçon, tu auras affaire à moi!»

Le pirate légendaire regarde le petit livre avec un large sourire. Un marin jette Aventure sur le pont. En grognant, celui-ci s'efforce de se relever.

Silver lui dit d'un ton menaçant : «Tu n'aurais pas l'intention de prendre mon trésor, hein?»

«Tu n'as aucun trésor qui vaille la peine d'être pris», répond Aventure sur un ton de défi.

Mal à l'aise, les pirates murmurent. «Il ment!», s'écrie Silver. «Il y a largement assez de trésors pour vous tous! Fouillez-le. Le garçon aussi.»

Les hommes retournent Aventure la tête en bas et le secouent. Plusieurs armes de l'ancien temps tombent sur le plancher avec un bruit de ferraille. Puis, c'est le tour de Richard. Tout ce qu'ils trouvent dans ses poches, c'est le clou et le billet de cinq dollars que son père lui avait donné, de même que sa carte de bibliothèque. Silver se sert du clou comme d'un cure-dent et jette le reste du butin par-dessus bord.

Richard et Aventure regardent, d'un air de désespoir, la carte de bibliothèque emportée par les flots.

Le veilleur dans la vigie crie : «Terre en vue!» Il montre du doigt une île en forme de tête de mort dans le lointain.

«Nous y voilà, matelots», s'écrie Long John Silver.
«L'île au trésor!»

Les pirates ne tardent pas à atterrir sur la plage, en traînant Richard et Aventure derrière eux, attachés à une corde.

«Fais bien attention, mon vieux», murmure Aventure à Richard. «Quand ils partiront pour chercher l'or, nous allons prendre la fuite.»

En suivant la carte au trésor, les pirates se retrouvent au pied d'un arbre. Arrivés à l'endroit désigné, ils poussent un gémissement. Dans la fosse ouverte, il y a un coffre au trésor, mais le trésor a disparu!

Silver saisit son pistolet, tandis que les pirates s'avancent vers lui. «On aurait dû savoir que tu nous tromperais», grognent-ils.

Juste à ce moment-là, un cri plaintif leur parvient du haut des arbres — et on entend la chanson du pirate. «Quinze hommes sur la poitrine du mort! Yo-ho-ho, avec une bouteille de rhum encore!»

Les pirates se retournent en direction de la voix et pointent leurs armes vers les arbres. «Des esprits malins!», s'écrient-ils en se tournant dans tous les sens.

Puis, un horrible personnage, attaché à une corde, descend du haut des arbres et s'abat parmi les pirates en criant : «Asile! Asile!»

«Horreur! Tu es donc en vie!», s'écrie Richard.

«Pas pour longtemps», dit un des pirates en armant son pistolet. Mais la brise a soufflé de la poussière de fée sur son visage, ce qui le fait éternuer et manquer son coup.

Fantaisie se dirige vers Richard, suivie d'un nuage de poussière de fée. «Fantaisie!» s'écrie Richard. Ses deux amis sont donc en sûreté!

Les quatre amis ne tardent pas à chasser les pirates — tous, sauf Long John Silver.

Richard regarde à ses pieds et voit une épée de pirate posée entre lui et Silver. C'est à lui d'agir maintenant, car Aventure est tombé dans le coffre au trésor lorsque la corde qui l'attachait à Richard a été coupée. Fantaisie encourage Richard à saisir l'épée.

«Tu n'y penses pas, mon gars», dit Silver, en se dirigeant vers l'épée. «Tu n'en aurais pas le courage.»

Mais Richard ramasse l'arme et la pointe droit vers Silver. «Ne bouge pas!»

Là, le pirate aperçoit un esquif sur la plage. «Tu ne vas tout de même pas me laisser tout seul sur ce bateau?»

«N-non... plutôt oui! C'est exactement ce que je vais faire.»

Richard sait que tous seraient bien débarrassés si le pirate s'en allait sur son bateau. En pointant la lourde épée vers lui, il ordonne à Silver d'aller dans le bateau.

«Tu es dur, Richard Tyler. Bon voyage, matelot», dit Silver, en grimpant dans le bateau et en ramant en direction du large.

Fantaisie et Horreur arrivent près de Richard en applaudissant. «Wow! Si seulement mon père avait pu me voir!» Puis Richard dit à ses amis: «Je croyais que vous deux étiez perdus!»

Fantaisie explique qu'Horreur s'était aperçu qu'ils pouvaient flotter parce que sa bosse était creuse. Elle est interrompue par des coups vigoureux provenant du coffre au trésor. Horreur ouvre celui-ci et Aventure en sort en faisant des moulinets avec son épée, prêt à affronter les pirates sans délai.

«Le moment est bien choisi», dit Fantaisie en roulant les yeux.

Se rendant compte que tout est fini, Aventure s'en va, fâché. Horreur ramasse un foulard de pirate et une épée, et se met à courir après Aventure. «Ho, du navire!» crie Horreur, qui porte le foulard à l'envers, en faisant des moulinets avec l'épée. «Oui, nous sommes des hommes téméraires et aventureux.»

Aventure crie au petit livre bossu : «Va-t'en. Tu ne sais pas ce que tu racontes.»

«Je sais que je ne suis pas le genre de livre que tu préfères», dit Horreur. «Mais je pourrais être tout comme toi.»

«Tu ne seras jamais Aventure», lui répond le livre de pirates d'un ton méprisant. «Tu n'as pas assez de coeur au ventre. Et enlève ce truc stupide», ajoute-t-il en pointant le foulard.

Horreur retire le foulard de sa tête et regarde Aventure qui s'éloigne sur la plage. Le petit livre bossu se tourne dans l'autre sens et marche le long du rivage.

Dans l'intervalle, Richard regarde tristement une vague qui efface le mot SORTIE qu'il avait tracé sur le sable.

Fantaisie dit à Richard d'un ton encourageant : «Tu as bien fait, mon petit.»

«J'ai perdu ma carte de bibliothèque», dit-il. «Je ne peux ramener personne chez moi. Et nous ne trouverons jamais la sortie.»

Il semble en effet que cette fois tout est perdu. «Jamais est un mot qu'il ne faut pas prononcer tant que Fantaisie est là, mon petit. Parfois, il faut se battre pour réaliser son souhait.»

Aventure accourt sur la plage. «Pourquoi restez-vous assis là comme des bonnes femmes à l'heure du thé?», leur crie-t-il, la carte de bibliothèque à la main. «Je l'ai arrachée à trois requins. C'est vrai!» En réalité, Aventure avait trouvé la carte collée à sa jambe de bois. Un coup de vent l'avait soufflée sur la plage.

Encouragé, Richard lui demande : «Où est Horreur?»

Aventure baisse les yeux, honteux d'avoir chassé le livre bossu. «Je vais aller le chercher.»

Lorsqu'il retrouve Horreur, Aventure est atterré. Le corps immobile du livre bossu est attaché, entouré d'une foule de petits bonshommes des *Voyages de Gulliver*, connus sous le nom de Lilliputiens.

«Tiens bon, matelot!», s'écrie Aventure. «J'arrive!»

Bravement, Aventure fait face aux flèches des Lilliputiens. Il coupe les cordes juste au moment de l'arrivée de Richard et de Fantaisie. Gêné d'être triste à la pensée de perdre Horreur, Aventure repousse le livre bossu du revers de la main. Mais Horreur voit qu'il l'aime bien malgré tout.

Tout d'un coup, la baguette magique de Fantaisie se met à clignoter. «C'est signe d'une seule chose!» dit Fantaisie.

«La sortie!», s'écrie Richard.

«Le bureau de sortie des prêts de livres!», s'écrie Aventure.

«Tout est bien qui finit bien!», soupire Horreur.

«Non, c'est le Pays de la Fantaisie», murmure Fantaisie.

Elle pointe sa baguette magique dans le sens opposé à la plage, ce qui les mène dans une forêt tropicale luxuriante. Aventure, qui fraye aux autres un chemin à travers l'épaisse végétation, mène le groupe de plus en plus profondément dans la jungle. Petit à petit, les couleurs deviennent plus vives, les arbres se transforment en or et nos amis voient que le pays est peuplé de lutins magiques.

«Wow!» fait Richard, stupéfait. «Regarde un peu ça!»

«C'est tellement beau que j'aimerais rester ici longtemps», soupire Horreur.

«C'est le Pays du Bonheur», dit Aventure en grognant.

Ma Mère l'Oye passe au-dessus des têtes. Le carrosse de Cendrillon est transformé, comme par magie, en citrouille. Un groupe de fées dansent autour des voyageurs fatigués. «Bonjour, mes chères petites», dit Fantaisie aux autres fées.

L'une d'elles prend les lunettes de Richard. Une autre s'empare de l'épée d'Aventure. «Revenez ici, petites voleuses», crie Aventure en courant après elles.

Les fées amènent Richard au sommet de rochers blancs, au-dessus d'une caverne. Lorsqu'il remet ses lunettes, il voit l'enseigne SORTIE qui miroite au sommet d'une montagne voisine. «Ah! la voilà!»

Les fées ont emporté l'épée d'Aventure à l'intérieur de la caverne. Fantaisie et Horreur attendent dehors, tandis qu'Aventure s'avance dans la caverne noire et enfumée, remplie de roches pointues qui sortent du plancher et qui pendent au plafond.

Content d'avoir retrouvé son épée dans une mare, il la ramasse et fend l'air plusieurs fois. *Oups!* Il coupe une des stalactites, qui se brise!

Soudain, le sol se met à trembler avec un bruit sourd. Richard s'accroche à un tronc d'arbre brisé. «Oh la la! Un tremblement de terre!» Devant lui, deux énormes pierres tremblent, puis se séparent. Les yeux rouges d'un dragon qui crache le feu le regardent!

À l'intérieur, Aventure court vers l'entrée pour éviter la lumière aveuglante qui sort du fond de la gueule du dragon. Mais cette lumière le suit! Au moment où il atteint l'ouverture, Aventure trébuche. La lumière jaune se rapproche et devient de plus en plus vive. Une main le saisit et l'attire. C'est Horreur!

Les deux livres sautent de l'arbre pour éviter le dragon qui redresse la tête, une flamme dévorante sortant des profondeurs de son ventre. Richard, qui se cramponne toujours à son arbre, est secoué dans tous les sens, tandis que le dragon le fixe d'un air menaçant. Fantaisie se tourne vers Horreur. «Vite! Trouve-moi la page mille un. *Les Mille et Une Nuits*.»

Horreur tend la feuille à Fantaisie. Elle la lance en l'air, puis la touche avec sa baguette magique. La feuille se transforme en un tapis magique. «Va chercher le garçon!» dit Fantaisie au tapis.

Instantanément, le tapis descend, ramasse Richard qui jette des cris d'effroi et l'élève en sécurité dans les airs. Puis, il descend en piqué pour ramasser les autres et les emmener vers la sortie.

En chemin vers le sommet de la montagne, il voit d'autres animaux d'un monde fantastique : des chevaux volants, des chameaux volants, le génie de la lampe d'Aladdin et même d'autres tapis volants. «On va y arriver!», s'écrie Richard.

Horreur lui aussi trépide d'excitation. «Bravo! On va... *Oups!*» En gesticulant, il frappe la main de Fantaisie. Celle-ci lâche la baguette magique, qui tombe par-dessus le bord du tapis.

Richard et les livres regardent la baguette magique qui descend dans le ciel. Puis, la gueule du dragon apparaît à travers les nuages. Elle attrape la baguette magique et l'avale d'une seule et formidable bouchée. Suffoqué, le dragon crache une boule de feu qui projette le tapis sur le flanc de la montagne.

Il s'écrase près du sommet, et Richard et les livres dégringolent pour aboutir sur une saillie rocheuse. Richard se dégage, sachant qu'il pourrait encore atteindre la sortie. Il commence à grimper.

Richard continue de grimper, sans se rendre compte du danger qui menace ses amis. «On est presque arrivés!», s'écrie-t-il en haletant. Il est presque sur le point de toucher l'enseigne SORTIE. «Venez! On est arrivés!», crie-t-il aux autres.

En se retournant, il voit que les autres ne sont pas là! Bien plus bas sur la montagne, il aperçoit Aventure qui se prépare à affronter le dragon. Le monstre crachant le feu a pris les livres au piège dans une crevasse. Le dragon se redresse, prêt à cracher le feu sur les amis de Richard. «Aventure!», crie Richard. «Attention!»

Trop tard! La gueule du dragon vomit des flammes. La crevasse est entièrement remplie de fumée. Fantaisie et Horreur s'efforcent de la dissiper. Aventure s'évanouit, ses pages à moitié brûlées, sa moustache en feu. Richard voit que ses amis sont voués à une mort certaine. Il regarde l'enseigne SORTIE. S'il voulait, il pourrait s'en tirer tout seul! En l'espace de quelques minutes, il serait bien tranquille chez lui, protégé par ses parents. Il pourrait violer la promesse qu'il avait faite à ses amis.

Un faible cri monte jusqu'à lui. «Au secours, Maître!» C'est Horreur. «Asile! Asile!»

Richard hésite un instant. Il a réussi à venir jusque-là. Il a traversé tant de difficultés. Même son père serait fier de lui. Vraiment fier. Richard se retourne. «Restez, les amis! J'arrive!»

Avec un nouvel espoir, Richard dévale la montagne jusqu'à la crevasse. Il s'arrête en chemin pour ramasser une épée, un bouclier et un casque qui ont appartenu à un guerrier mort depuis longtemps. Il se précipite vers le dragon et vise son ventre mou et vulnérable. Les livres l'encouragent avec leurs avertissements et leurs conseils : «Vise le gésier!» «Attention à la queue!» «Mords-le! Mords-le!»

Richard lève son épée. De façon totalement imprévue, la queue du dragon frappe Richard et le projette en plein dans la gueule du monstre! Richard dégringole dans le gosier de la bête pour aboutir dans l'estomac gluant où il entend des grognements. «Il faut que je sorte d'ici», dit Richard.

Il trouve la baguette magique de Fantaisie et l'essaie, mais ça ne marche pas. Il grimpe plus haut et glisse sur une pile de livres. L'un d'eux lui tombe sur la poitrine. Il se rappelle les mots du Gardien des livres : «Cherche dans les livres.»

Richard fouille parmi la pile de livres jusqu'à ce qu'il trouve celui qu'il lui faut — *Jack et le haricot géant*. Il arrache la page qu'il veut et la jette. On entend un grondement. Puis, une épaisse tige de haricot s'élève de la page et grandit rapidement en formant des spirales dans le gosier du dragon. Au moment où la tige de haricot sort de la gueule du dragon, Richard saute dessus.

Fantaisie, Horreur et Aventure, stupéfaits, voient le dragon se débattre contre la tige du haricot géant qui a permis à Richard de sortir de son ventre. Au moment où la tige passe à côté d'eux, ils sautent tous dessus. Lorsqu'ils arrivent au sommet de la montagne, Richard s'écrie : «Sautez! Sautez!» Au moment où les mâchoires du dragon coupent la tige de haricot en deux, ils lâchent tous prise et atterrissent juste au-dessous de l'enseigne SORTIE.

«Maître, tu nous as sauvés», s'écrie Horreur.

«C'est bien vrai, matelot», dit Aventure.

Richard rend à Fantaisie sa baguette magique. «Mon héros!», soupire-t-elle en le prenant dans ses bras.

Ils se tournent tous vers l'enseigne SORTIE et franchissent la porte double d'un observatoire en forme de dôme. À l'intérieur, ils voient, dans une attitude de respect, le Gardien des livres sortir de l'ombre. Les livres lui font la révérence.

Mais Richard est en colère. «Vous n'avez pas idée de ce qui vient de m'arriver. J'ai manqué me faire mettre en pièces par un fou, j'ai été pourchassé par un monstre et capturé par des pirates. Sans mentionner que j'ai été avalé par un dragon!»

Fantaisie fait une profonde révérence. «Pardonnez-lui, Gardien des livres.»

«Et pourquoi non? Il a raison», dit le Gardien des livres. «Je l'ai envoyé exprès dans la section Fiction.»

Richard sourit d'un air lugubre. «Alors, vous l'admettez?»

«Bien sûr», dit le Gardien des livres. «Réfléchis, mon garçon! Qu'est-ce que tu aurais vécu comme aventures si je ne t'avais pas amené ici en tournant une page?»

Avec son bâton, le Gardien des livres agite un faisceau de lumière qui descend du plafond en forme de dôme. Tous les personnages — et toutes les craintes — auxquels Richard avait fait face lui apparaissent soudainement.

«Tu as vaincu le mal», dit le Dr Jekyll.

Le capitaine Ahab s'écrie : «Tu as regardé Moby Dick dans les yeux, mon garçon!»

Long John Silver lui crie : «Tu as l'étoffe d'un pirate, mon gars. Et que personne ne vienne me dire le contraire!»

«Si je t'avais emmené ici dès le début», continue le Gardien des livres, «tu n'aurais jamais eu le courage de faire face à tes propres craintes. Mais, puisque tu l'as fait, tu triomphes ici et tu triompheras toujours.»

Richard se rend compte de ce qu'il a fait. C'était *stupéfiant!* Ses amis le regardent avec un profond respect. Richard a hâte d'en parler à son père!

«Emporte ces livres», dit le Gardien des livres en pointant son bâton en direction des trois livres, «et souviens-toi qu'il y en a beaucoup d'autres comme eux qui t'attendent à la bibliothèque. Chaque livre a quelque chose de particulier à offrir. On peut trouver tous les aspects de la vie dans les pages d'un livre. La seule chose qui manque, c'est toi!»

Richard réunit Aventure, Horreur et Fantaisie près de lui. «Nous sommes prêts!»

«Alors, mon garçon, le monde t'attend!»